Tausend Augen schauen auf den Stephansturm,
tausend Augen aus ihm heraus,
tausend Augen beten hier im Dom,
tausend Augen sehen zu Gott hinauf.

Margareta Pubek

Aus der Seele gesprochen

Mit Collagen und Bildern der Autorin

KRALverlag
2009

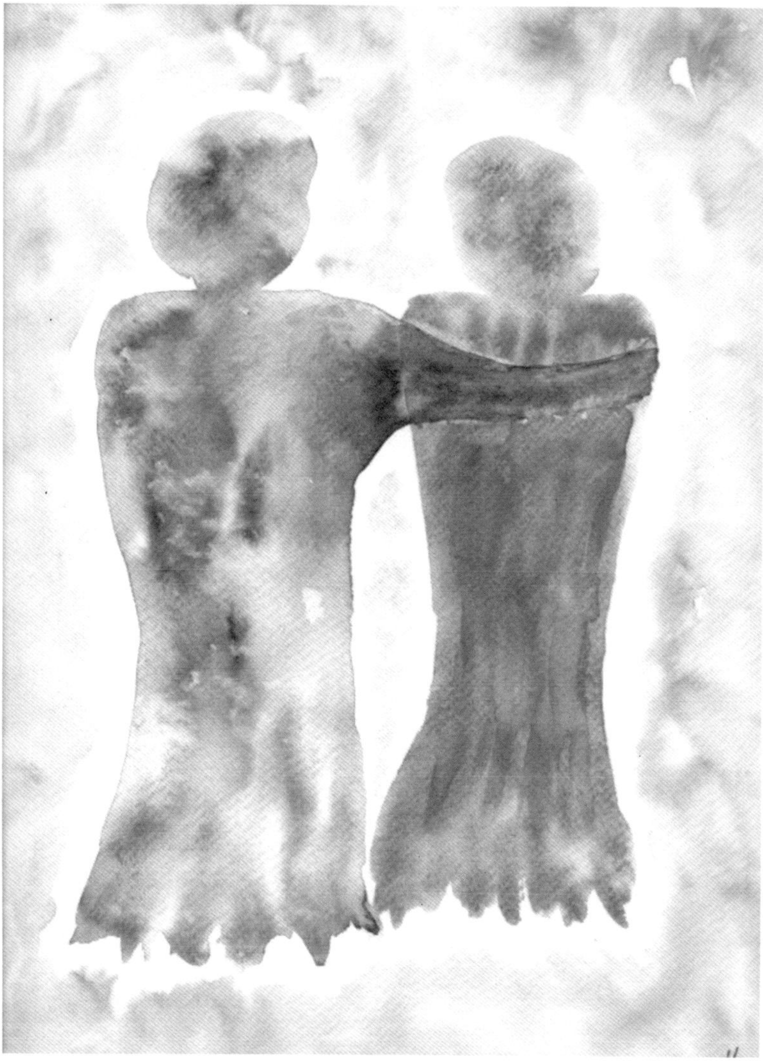

Geh´ Deinen Weg

Geh deinen Weg
auch wenn's die Andern anders wollen
gehe ihn!

Geh deinen Weg
und wenn er Kummer Dir bereitet
gehe ihn!

Geh deinen Weg
wenn von Gefühlen er begleitet
gehe ihn!

Geh deinen Weg
wohin er Dich auch führt
gehe ihn!

Geh deinen Weg
er führt
Z U DIR!

Sich besinnen

Hast du was am Herzen,
so setze dich hin,
beschreib Freud und Schmerzen,
es ergibt einen Sinn!

Dir hilft nicht alles Sagen
oder bei Menschen zu klagen,
weil Worte oft ins Leere gehen,
geschrieben bleiben sie bestehen.

Der Dichter

Wer versteht denn schon den Dichter,
wenn er vieles niederschreibt?
Sieht man so in manch Gesichter,
ist's die Hast, die sie so treibt.

Belächelt wird er oft, der Dichter,
wenn er sein Innerstes gibt kund,
doch werden seine Vers zu Lichter,
wenn manche Seele wurde wund.

Ih wü net

Na ih wü net, hob vom Tog heut scho gnua!
Wos wird des wean, denk ih scho in da Frua,
bist dumm, wos tuast da denn au?
Glaubst a Aundara is besser drau?
Dem geht's genau wie dir,
er hot gestern zfü ausgebn, heit is er stier.

Na, ih wü net wüs heute net sehgn,
olle meine goaschtigen und ah lieben Kollegn.
Ih bin scho urlaubsreif so wie se ah,
mecht an Tog verbringan ohne eahna ala-
es geht denan Liabn bestimmt ah wie mia,
se sogn sih:„Wir wolln nix wissen von dir."

Na, ih wü net, wos soi des nur haßn?
Ma kaun net ollwei guat lebn und prassn.
Muaß froh sein, waun ma gsund is und arbeiten kau.
Wos faungat ma sunst mit de Toge ah au?
Des „wü NET" muaß ih streichn, ih deafs nimmer sogn.
Ober dass ih immer wü - des warat ah glogn.

Wann ma wissat

Ih waß net, wos ih wü,
ih hob heit noh ka Zü,
mih gfreit nix, wos ih tua,
für nix hob ih a Ruah.

Drum sitz ih do und schau
und waß doh gaunz genau,
dass ih jetzt fuart geh soi-
des waß ih scho – jawoi!

Ih überwind mih jetzt,
hob mih grod dauni gsetzt,
steh auf und ziahg mih au
und geh spaziern in d' Au.

Hob auf amoi doh a Zü,
waß doh noh, wos ih wü.

Mein Semmering

Semmering, du Zauberland,
wie bist du Heimat mir!
Wo einst doch meine Wiege stand,
hab Sehnsucht oft nach dir.

Als Mädchen ging ich fort von hier,
hab verlassen deine Pracht.
Ein Märchen erträumte ich mir,
oft wurde es möglich gemacht.

Denn du hast geprägt mich fürs Leben,
gar tapfer durchwandert dies hab,
hast Kraft und Mut mir gegeben,
dich „Zauberberg“ - im Herzen ich trag.

Begegnung

Ich kannte dich nicht,
als du mir begegnet bist,
und doch warst du mir so nah.

Sah deine Augen -
es war nur ein Blick -
und wusste, die Hoffnung wird wahr.

Wo warst du so lange?
Ich hab dich gesucht,
ahnte, dass es dich ja gibt.

Wo immer das Glück
auch wurde versucht,
ich fühle, nur du wirst geliebt.

Das Lachen

Auslachen ist gar nicht schön,
Auslachen macht Schmerz,
nichts Schönes kann ich darin sehn,
es zerbricht nur das Herz.

Lachen kann schön sein,
Lachen befreit,
du kannst dabei glücklich sein
zu jeder Zeit.

Haben wir was zum Lachen?

Ob zu lachen wir noch was haben
lässt man fragen.
Ich muss sagen „nein"-
schau in so manch' Gesicht hinein!
Abgestumpft ist hier die Seele,
da nur die Sensation noch zähle.
Ob am Bildschirm – Radio,
auch die Zeitung macht nicht froh.
Wo immer hin man hört,
es wird nur zerstört, zerstört.

Das Eine, was WIR noch tun können,
ist, uns erfreuen an dem Schönen
nicht hören auf das Böse.
Nur Gutes uns're Seel' erlöse.
In der Natur vergisst du nie,
des Waldes rauschende Melodie.
Hoch am Berge droben
kannst du den Schöpfer loben,
danken ihm für all die Pracht,
dass vor Glück dein Herze lacht.

Enttäuschung

Als ich dich sah zum ersten Mal,
beglückte mich dein Wesen.
Dachte, dass du meine Qual
in den Augen konntest lesen.

War ganz entzückt von deiner Näh,
doch wie ich jetzt nun seh,
hab ich mich getäuscht doch sehr,
kann dir glauben nimmermehr.

Ich weiß es nicht, war es ein Blick
oder gar ein Wort?
Alles Fühlen, alles Denken,
war auf einmal fort.

Du hast mir so weh getan!
Hab es stark empfunden.
Es blieben statt Bewunderung
nur ein paar tiefe Wunden.

Der Gscheite

Mauncha hört sih so gern redn,
waß, dass er nur gscheit sei kau,
und de Aundan san de Bledn,
glaubt, dass kana do wos kau.

Doh de Menschn, de eahm zuahean,
denken sih so eahnan Teu,
mechtn maunches Moi wos hiplärrn-
doh si woartn noh a Weu.

Valaungt ma daun amoi vo eahm,
dass er den Leutn zuahean mecht,
vor lauter Laungweu miaßt er steam,
denn schließlich hot doh ER nur recht.

Der Kummer

Bevur ih mih zur Floschn setz,
nimm ih ma mei Biachl hea,
a Rausch der hüft ma doh nur jetzt,
mei Biachl hüft ma späta mehr.

Mauchmoi hob ih scho an Gusta
mecht mei Herzweh - wegga schwamm,
do bin ih imma noh a Mutta,
gib mein Kindern ah Daham.

Dein Kind

Das sind eben viele Sorgen, die man mit den Kindern hat.
Schon die Angst auf morgen ob alles wohl geht glatt.
Sind sie noch klein auch gar so lieb und brauchen ganz
zur Stütze dich, wünscht du dass immer es so blieb,
du wärest glücklich sicherlich.
Weiter geht es mit den Jahren, bald sie dann zur Schule
gehen, und du musst gar oft erfahren, alles ist nicht mehr
so schön.
Sie entgleiten dir schon jetzt, da sie belehrt von Professo-
ren. Wenn du dich da zu ihnen setzt,
merkst du so manches ging verloren.
Sie müssen lernen gar so viel, auch wenn sie's gar nicht
wollen, damit sie erreichen wohl ihr Ziel, ob dieses sie
auch sollen. Doch später dann nach vielen Jahren, als
manches Leid kam über sie, da konnten sie es schon
erfahren,
in dein der Jugend hört man nie.
Du wolltest alles ihnen ebnen, dass sie es besser könnten
haben, sie sollten immer vorwärts streben, hast sie be-
lohnt mit manchen Gaben. Weil alles anders ist gewor-
den, was du hast für sie erträumt,
manch' Wünsche wurden da zu Sorgen
manches Glück war da versäumt.
So sei zufrieden jeden Tag, danke Gott nur für dein Kind,
wenn manches noch so schwer sein mag! Das höchste
Glück die Kinder sind.

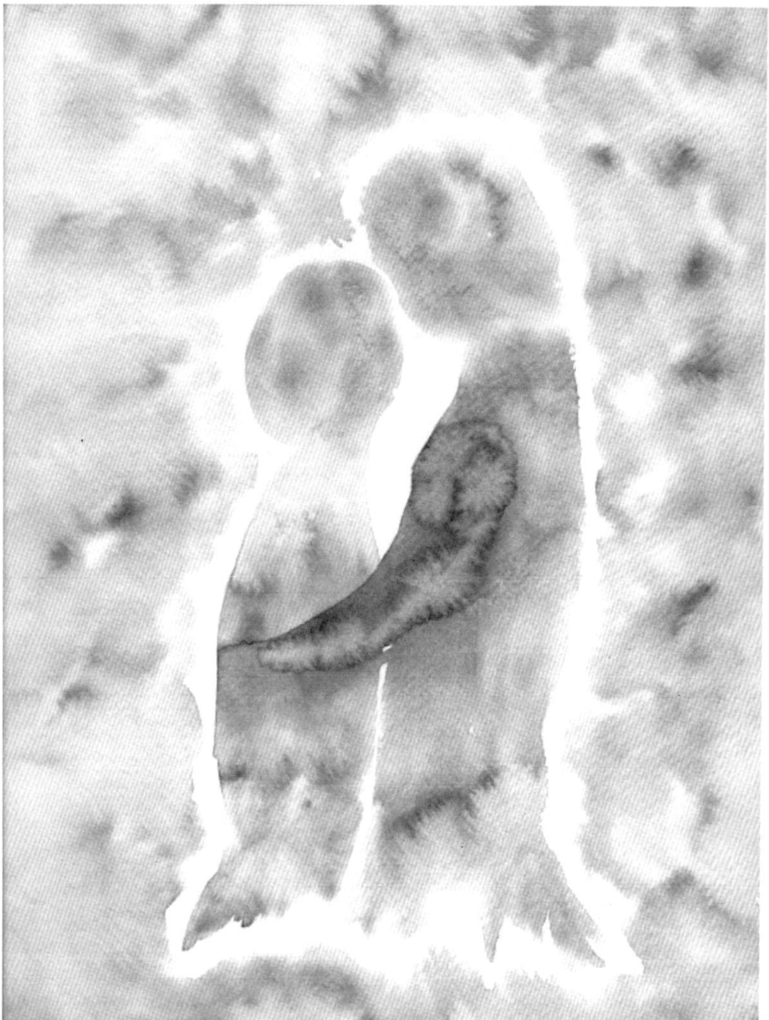

Das Alter, mein Kind

Was dir das Alter bringt, mein Kind,
kannst du noch nicht erahnen,
wünscht, dass Vieles dir gelingt,
dich lenkt das Glück in seine Bahnen.

So wie du denkst und du dich gibst,
wird dich das Leben leiten.
Nur wenn du lächelst und viel liebst,
wird dich auch Gott begleiten.

Drum, liebes Kind, nimm an den Rat
von diesen weisen Alten,
steh immerzu zu deiner Tat,
und lass das Gute walten!

Und wenn du alt geworden bist,
denkst wohl mit Freuden dann zurück,
erkennst das Leben, wie es ist-
beseelt von Dankbarkeit und Glück.

Das Du-Wort

Wir kennen uns schon lange und sagen uns *sie,*
auf gleicher Ebene begegnen wir uns nie.
Wie kommt das nur nach so vielen Jahren,
dass wir uns wollten das *du* ersparen?

Wir kennen uns kaum und sagen uns *du,*
nicken beim Sehen erfreut uns zu.
Woran mag das liegen, dass wir uns nahe sind
und Zuneigung finden für einander geschwind?

Sich besinnen

Hast du was am Herzen,
so setze Dich hin,
beschreib Freud und Schmerzen,
es ergibt einen Sinn!

Es hilft nicht, alles zu sagen
oder bei Menschen zu klagen,
wo Worte oft ins Leere gehen.
Geschrieben bleiben sie bestehen.

Sinn des Lebens

Keinen Wert hat mehr das Leben,
sagen viele Leute,
sind nicht bereit zu geben,
kämpfen nur noch für das Heute.

Der Zauberlehrling zeigt sein Wesen,
mixte seinen Zaubertrank.
Wir können überall es lesen:
Der Mensch ist in der Seele krank.

Ein Überfluss bestimmt sein Tun,
mit nichts ist er zufrieden,
ernten möchte er sehr viel Ruhm,
hat gar verlernt zu lieben.

Die Liebe ist die einzige Kraft,
den Wert hat sie noch nicht verloren.
Sie ist's, die wohl den Frieden schafft,
dafür ward Gott für uns geboren.

Hunger

Hunger in der dritten Welt-
was das für uns schon zählt?
Zu essen gibt es für uns genug
gefüllt mit Wasser ist der Krug,
der Kühlschrank bestückt mit Essen-
das lässt die Armen uns vergessen.
Wir werden dick und rund,
finden fürs Sattsein bald einen Grund.
Wir können uns kaum bewegen,
nichts tun ist für uns schon ein Segen.

Aber es kann auch anders kommen.
Bald wird uns die Freude genommen.
Stets im Vollen zu leben,
ist das der Menschheit Bestreben?
Wo bleibt die Seele in all dieser Zeit?
Sie zu nähren sind wir bereit?
Leben wir doch im Überfluss,
meinen nur Essen bringt den Genuss.
Wir sind hier zum Erbarmen,
zählen noch mehr zu den Armen.

Der Schnee fiel damals

Der Schnee fiel damals wie heute,
geändert hab'n sich nur die Leute.
Die, die früher genügsamer waren,
verhalten sich heut' oft wie die Narren,

vergessen, dass sie an Hunger gelitten.
Heut' fahren s' einen Cadillac- Schlitten
und fühlen sich als Herrn auf den Straßen.
Auch sie wird der Hochmut verlassen.

Und steckt die Kolonne im Schnee,
dann gibt es kein Ach und kein Weh.
Die Menschen – ob arm oder reich-
im Stau sind sie allesamt gleich.

Smog über unserer Stadt!

Sternenhimmel, wo bist du in unserer Stadt?
Es wohl auch einen Mond gegeben hat.

Das können wir in Büchern lesen,
so war's einmal bei uns gewesen.

Sonnenstrahlen, die scheinen so hell,
sie wärmen dich auch ganz schnell.

Doch wenn du heute schon sehr verzagst,
du nur mehr zu hoffen es wagst.

Smog, wann lichtest du unser zu Haus,
dass wir nicht müssen weit ins Land hinaus

und glücklich sein können in unserer Stadt,
die soviel Schönes zu bieten hat?

Die Uhr

Die Uhr, sie bleibt nicht steh'n,
lässt Zeiten oft vergeh'n,
und ehe wir s bedacht,
hat sie weise uns gemacht.

Der Jugend tickt sie schöne Stunden,
da hatten wir noch wenig Wunden,
denn alles nahmen wir noch heiter
und dachten, so geht's immer weiter.

Schlug sie uns dann zur Lebensmitte,
war das Frohsein oft nicht Sitte.
Wir sahen zu, wie and're lachten,
als ob wir uns daraus gar nichts machten.

So schlägt sie jetzt in aller Ruh,
wir sehen schon geduldig zu,
sind dankbar wohl für jede Stund.
wenn bleiben wir nur lang gesund.

Unser Dasein

Kennt ihr das, wenn ihr depressiv seid,
oder fühlt ihr dieses Wehtun nicht?
Irgendwann kommt jeder so weit,
wo seine Seele zerbricht.

Es gibt Wesen, die haben kein Herz,
ihr Dasein einer Maschine gleicht,
sie kennen kein Glück und auch keinen Schmerz.
Haben sie nur viel Geld erreicht!

Doch ziehen sie eines Tages Bilanz,
wonach sie im Leben gestrebt,
war ihr Dasein ganz ohne Glanz
Sie haben nur für den Körper gelebt

Diesen wird es eines Tages nicht geben,
da er aus Chemie und Masse besteht.
Er ist nur Hülle in unserem Leben,
aber die Seele wohl niemals vergeht.

1000

S´ Schenken

Heit is des Schenkn nimmer mehr sche,
waun ih mit de Gedaunkn übers Gödbörsl geh:

Do hob ih doh früher, wias Sitte so woar,
für a poar Hundata noh kriagt sehr vü Woar.

Oba heit, wos soll ih zur Feier nur schenkn?
Ma kaun sih übern Euro ah nur mehr kränkn.

Waunst an Fünfhunderter dein Enkerl host gebn,
der hot sie noh gfreit in sein klan Lebn.

Gibst heit an Fufzga, wia schaut denn des aus?
Und trotzdem san wuan scho 700 draus.

Wia soll ih des mochn, ih kumm auf ka Zü,
30 Euro san zwenig, 40 Euro san zvü.

Suche nach Gott

Gott, mein Gott, wo bist Du nur,
wo nur überall?
Bist Du in der Kirche
oder bei den Tieren im Stall?

Die Menschen, sie gehen in die Kirchen,
sie glauben, dass dort sie Dich finden.
Doch Du lässt nicht
an einen Ort Dich binden.

Wer überall Dich finden will,
nicht nur im Gotteshaus,
Du kehrst ein in aller Still
in jedes kleinste Haus.

Suchen braucht wohl der Dich nicht,
bei dem Du eingekehrt,
weil du immer mit ihm bist,
wenn er Dich liebt und ehrt.

Und wenn Du schon zu finden bist,
in jedem Gotteshaus,
trägt Dich der Mensch im Herzen mit,
bei ihm bist Du zu Haus.

Die Glocke

Glocken schwingen
Töne klingen.

Dumpf hernieder
immer wieder

kommt vom Dom
der Glocke Ton.

Innere Ruh

Du bist allein mit deinen Schmerzen,
weil man nur Freude mit dir teilt
Du suchst nach einem milden Herzen,
das dich von deinen Wunden heilt

Such du die Heilung tief in dir,
der Mensch hat nicht die Kraft dazu!
Sein Herz reicht nicht von ihm zu dir.
Nur Gottes Kraft gibt inn're Ruh.

Vier Jahreszeiten

Im Frühling wenn die Knospe sprießt,
die Liebe man so ganz genießt.
Wenn Sonne dir ins Herze lacht,
wird sie zur schönsten Blütenpracht.

Kommt dann der Sommer heiß und schwül,
bei Regen wird es etwas kühl.
Auf die Liebe dies dann drückt,
sie benimmt sich wie verrückt.

Der Herbst mit seiner Farbenpracht
wird zur schönsten Zeit gemacht.
Bevor die Blätter falln vom Baum,
berührt dich nochmals ein Liebestraum.

Wenn dann der Winter kehret ein,
baust du ein Nest für dich allein
und schließt in aller Ruh
mit Winterpracht dein Herze zu.

Odyssee eines Clowns

Wo, lieber Clown, hast deine Heimat du?
Wenn der Zirkus mit dir zieht dahin,
findest du nirgendwo Rast, noch Ruh,
es ist immer ein neuer Beginn.

Dein Leben macht fröhlich und heiter,
jedes Menschenherz an dir sich erfreut.
Kaum kennt man dich, ziehst du schon weiter,
wer dich sah, hat es niemals bereut.

Wie sieht es in deinem Innersten aus?
Bestimmt ist dir manchmal zum Weinen.
Wärst doch so gerne wo richtig zu Haus,
denn festen Platz findest du keinen.

Kommt deine letzte Reise dann eben,
warte ein Weilchen noch zu!
Man wird dich ins Grab hinein legen,
dort findest du Heimat und Ruh.

Ein Gruss im Bus

Bei da Endstation steig ih in Autobus ei
und tua mih wundan do gleih.
Kaum setz ih den Fuaß auf de Stufn drauf,
foit mia da freindliche Busfohrer auf.
Der traut sih in an städtischen Bus
„guten Tag" sogn mit an herzlichen Gruß.
Des hot mih berührt und ih hob mih gfreit,
in da Stodt, do gibts doh noh freindliche Leit.

Meistns wird g'schimpft aufn Fohra do vurn.
Immer soll er für de Fohrgäst nur spurn.
Kummt goa noh a Weiberl im Lauf,
und's Türl geht nimmermehr auf,
no do kaunnst das hör'n des laute Gschrei,
dass jeder-nur net sie-schuld draun sei.
Vor Wut schimpfts auf den Lenka do vurn,
und boid hots auf olle an Zurn.

Sie tuat net bedenkn, dass bei da nächst'n Station
da Aunschlußzug foahrt dem Fohrgost davon.
So is des ka Wunda in unsera Stodt,
dass ma de Freundlichkeit, vagessn hot.
De Fohra hom jo ah eahnare Pflichtn,
den Dienst sollns guat für olle verrichtn.
So gfreit sih da Lenka im städtischen Bus,
waun ana noh daunkt auf sein freindlichen Gruß.

Winter

Einen Winter, den es vor vielen Jahren gegeben,
gehört heute nicht mehr zu unserem Leben.
Kann mich erinnern, als ein Kind ich noch war,
da gab es viel Schnee, so wunderbar.

Wir konnten ganz sicher uns darauf verlassen,
zu Maria Empfängnis lag Schnee auf den Straßen.
Hat es sehr viel geschneit,
war Weihnachten auch nicht mehr weit.

Bis in den Frühling hinein
konnten wir uns der weißen Pracht erfreu'n.
Das waren noch Zeiten, als mit Schi und Schlitten
über weiße Hänge wir glitten.

Heute ist es anders geworden,
im Winter erleben wir einen schneefreien Morgen.
Schmutz und Staub liegt überall umher.
Wie traurig, es gibt den schönen Winter nicht mehr!

S` Gulasch

Warum-
spritz ih mih immer nur mit dem Gulaschsoft au?
Wos hob ih nur in des Zeig eini tau?

Kaum sitz ih beim Tisch und hobs gleih bereut,
zu früh hob ih mih auf des Essen do gfreut.

Es dauert net laung, ih söwa daschreck,
schiab den Tölla von mir recht weit weg.

Doch es nutzt nix, wos soll ih eich sogn,
beim Gulasch essn, ih kennt do vazogn.

Kaum führ ih die Gobl zum Mund,
scho spritzt da Soft auf mih - der Hund.

So is des Essn mia boid vagaungan,
vor Grant, tua ih nochn Weinglasl laungan.

Sie passn net zsaum

Wia de Menschn so san, der ane geht gern fuat,
und da aundere is gern daham.

Der Partner hoits z'Haus goa net aus,
für den aundarn is des Furtgehn a Graus.

Wos mochn de Zwa, de sih gfundn grod haum?
Sie hom sih zwoa gern, oba sunst passns net zsaum.

Der, der grod Lust hot zum Lesn,
wird vom Partner gleih gstert.

Er mecht eahm dazön, wias gestern is gwesn.
Dem Liabn is des wurscht, weu er eh net zuahert.

So hom sih zwa gfundn, de passn net zsaum,
doh weu sa sih gern hom, haums a gemeinsaums Daham.

Die Semmeringbahn

Wie lange werden wir sie noch haben,
unsere schöne Semmeringbahn?
Der Blick fällt in den tiefen Graben
und wandert dann den Berg hinan.

An Hotels, Ruinen und Burgen vorbei,
als ob man noch in der Vergangenheit sei.
Und doch berührt dich die Gegenwart,
so schön empfindest du diese Fahrt.

Es ist in Österreich überall schön,
aber hier blieb die Zeit besonders lang stehn.
Du siehst Sonnwendstein, Schneeberg und Rax,
doch dann fährt die Bahn weiter – schnurstracks.

Der Zug eilt gerade und schnell dahin,
bis in die Großstadt, bis nach Wien.
Wenn einmal der Tunnel gar ist in Plan,
gibt es bald nicht mehr die alte Semmeringbahn.

Die Zukunft

Wie sieht die Zukunft heute aus?
Haben wir noch eine Chance?
Können wir noch überleben,
müssen wir schon bald aufgeben?
Es wird uns immer vorgezeigt,
bald ist es schon so weit. Die Bäume sterben ab,
mit der Natur geht es bergab.
Das Ozonloch wird sehr groß.
Was machen wir da bloß?
Wir stellen gar das Treibgas ein,
suchen die Schuld bei ihm allein.
Doch von Raketen spricht man nicht,
sie fallen viel mehr ins Gewicht.
Wenn die Schutzschicht sie durchstoßen,
um zu erreichen die Sterne, die großen.
Wir möchten weit weg von unserer Erde,
hoffen, dass das All man erforschen werde.
Bedenken nicht zu guter Letzt,
was haben wir alles aufs Spiel gesetzt.
Ist unsere Erde doch so schön,
wir müssen nur lernen, dies zu sehn.
Was die Natur uns alles gab!
Es zu verlieren, wäre gar schad.
Noch ist es Zeit, all dies zu retten,
man könnte wirklich darauf wetten.
Die Menschen alleine, sie haben die Macht,
wenn sie alles gründlich und weise durchdacht.
Hört auf, die Erde auszubeuten,
nur so helft ihr den Leuten!
Kehrt zurück zu der Natur, sie gibt uns den Frieden nur!

Warum, Mensch, bist du so?

Der Mensch ist besessen von Geld und von Gier,
legt Wert nur auf Nehmen und Macht.
Würd er fühlen ein wenig mit dir und mir,
es hätt' ihm viel Frieden gebracht.

Der Mensch von heute erkennt wohl nicht,
wo die wirklichen Werte gar liegen.
Wenn ihm dabei das Herz auch bricht,
Hauptsache er kann alle besiegen.

Der Mensch kann zufrieden nicht sein,
nicht schätzen, was ihm wird geboten,
möchte haben für sich das Beste allein.
Doch was bringt's - zählt er bald zu den Toten.

Deine Werte

Es gibt so viele Werte auf der Welt,
und Geld gar oft wenig nur zählt.
Geld brauchst du leider zum Leben,
deshalb musst du weiter streben.

Zuviel streben ist nicht gut,
verlässt dich gar zu oft der Mut,
da vieles dir nicht so gelingt
und nicht die Erfüllung bringt.

Horch ganz tief in dich hinein,
lass das viele Streben sein!
Die größten Werte in dir sind,
bewahr dir Träume wie ein Kind!

Genmanipulation

Es war schon einmal einer da:
GOTT, Er hat mit Genen gespielt.
Doch wusste Er, was da geschah?
Wohin die Arbeit zielt?

Er hauchte der Erde Leben ein,
schuf Pflanze, Mensch und Tier.
Nur er, er wusste ganz allein,
was da passiert wohl hier.

Da schlich sich nun ein Fehler ein,
es war dies ein Versehn.
Ins Handwerk pfuscht' der Teufel drein,
ihn hat er übersehn.

Der Satan hat ein leichtes Spiel
mit Wissenschaftlern heut.
Die Gene mixen sie gar viel
und haben es noch nicht bereut.

Die Blume ist halb Tier geworden,
es ist ein wahrer Graus.
Wenn bald der Tiermensch wird geboren,
da stirbt dann auch das Leben aus ...

D` Heurigenpartie

Heit am Obend soll ih noh hi,
zu unserer lustigen Heurigenpartie.
Bin richtig miad vom gaunzn Tog,
wesholb ih net so richtig mehr mog.

Ober weus scho amoi ausgmocht is,
des ane, des is ah do gwiss:
Sitzt ma daun beim Weinderl durt,
wü ma sicher nimma furt.

Der gaunze Stress is daun vagessn,
schließlich gibts wos Guats zum Essn.
Schmäh gfiat und vü glocht wird goar,
bin froh, dass ih beim Heurigen woar.

Die drei Lauser

In da Bim sitz ih auf ana Viererbaunk,
danebn drei Buam, ih glaub de san kraunk.
Der ane kummt sih guat vur und spüt den Wau Wau.
Er mant, er mog neamd
dem seine Hoaar san scho grau.

Oba weil ih kan Muxa von mir hob gebn,
mant er, scho gor net mog er
Augengläser in sein Lebn.
Ih glaub, er hot mih heraus fordern wolln,
ih faungat gleih aun daun zum Grolln.

Do hob ih eahm den Wind aus de Segln gnuma,
hob mih sche laungsaum draht zu eahm uma.
Er schaut mih au, wos werd ih jetzt mochn?
Oba ih - ih - hob miassn lochn.
So is eahm nix übrig bliebm und er locht zruck.

Vorbei wor daun gleih der unguade Spuck.
De jungan Lausa wissn sih gor nix zum Tuan,
glauben, a jeder kriagt gleih an Zurn.
Sie mechtn hoit streitn zu eahnara Freid,
nur ih-ih waß ma wos Bessers mit meiner Zeit.

A Glotzn

Wer a Glotzn hot,
braucht kane Hoar,
sie is immer noh besser
wia nur a poar.

Der mit vü Hoar
muaß sih erst frisiern,
kaun so sei Persönlichkeit
ah noh hi kriagn.

Mit ana Glotzn
is er jedenfolls besser drau,
sein Charaktakopf
siacht ma eahm von weiten scho au.

Manchmal

Manchmal schreib ich es für mich,
was ich dir sagen will.
Denk dabei so viel an dich,
muss mich halten still.

Möchte es rufen laut hinaus,
dass es alle hören können.
Doch ich bleib in meinem Haus,
lass mich im Geist von dir verwöhnen.

Ein Tropfen

Ein Tropfen
im leeren Krug-
ich meine,
er ist der Deine?
Er schimmert
wie ein Edelstein
und wurde
mein.

Kommen
viele Tropfen
noch dazu,
den ersten
werd' ich
nicht vergessen.
Der erste-
der warst du.

Zuflucht

Bedrückt dich Kummer und Schmerz,
hat man dir weh getan,
suchst du verzweifelt nach einem Herz
und findest es nicht,
wirft es dich aus der Bahn.

Lasse es nicht zu,
einer gibt dir den Halt
musst nur fest glauben an ihn!
Er ist es in Gottes Gestalt-
gibt deinem Leben den Sinn.

Ich habe die Sinne

Ich habe Augen und sehe das Schöne.

Ich habe Ohren und hör' Melodien.

Ich habe die Nase und rieche den Duft.

Ich habe den Mund und schmecke die Frucht.

Ich habe die Sinne, ertaste die Dinge.

Ich habe die Seele und fühle wie du.

Loslassen

Du musst loslassen können,
das ist der Lauf der Welt.
Musst trennen dich vom Schönen,
auch wenn's dem Herzen nicht gefällt.

Dein Weg ist vorgeschrieben,
und wenn er noch so schwer.
Es ist dir nichts geblieben,
auch wenn es schmerzt so sehr.

Behalt dir nur das Schöne
in deiner inneren Welt,
dein weiches Herz verwöhne,
das deinen Traum behält!

Mei Jean

Ih bin wia ih bin,
trog imma mei Jean.
Ih frog mih daun wie-
wauns amoi wird hi.

Wos wär ih do mochn,
wird da Hosnbodn krochn,
so a sche gflickte Jean,
kriag ih nimma so hin.

A neiche kennt ih kaufn,
brauch nur zum Tandler laufn.
Wos moch ih mit ana kauftn Jean-
in da oidn liegts Leben drinn.

Das Handy

Wozu ein Handy, ist das nicht ein Wahn,
wenn ich fahr mit der Bahn?

Wozu ein Handy, bin ich beim Sport
im selben Ort?

Wozu ein Handy, bin ich im Bett
und es ist dort so nett?

Wozu ein Handy, brauch ich dieses Ding,
als ob es anders nicht ging?

Wozu ein Handy?
Natürlich zum Telefonieren!

Der Anrufbeantworter

Komm nach Haus, sperr auf,
schau drauf!
Es blinkt wie schön
werd sehn.

Was wurde gesprochen
was Nettes gesagt oder gefragt?
Drück auf den Knopf
freue mich sehr gesprochen hat wer.

Doch was höre ich da?
Es tut, tut, tutet ja und ist leer
mein Anrufbeantworter.

Chaos

Der Wecker läuft ab,
es ist viel zu spät,
es geht nichts mehr glatt,
die Straße verweht.

In die Dusche gelaufen,
die Seife ging aus,
die Haare sich raufen.
Schnell aus dem Haus!

Der Bus fuhr davon,
kein Taxi ist da,
zu spät ist es schon,
die Arbeit rückt nah.

Der Chef schon tobte,
er hatte Termin.
Wo war nur der Bote?
längst bräuchte er ihn.

So ging es noch weiter
bis spät in die Nacht,
der Tag war nicht heiter,
hat nur Chaos gebracht.

Die Hexe

Als ich ein junges Hexlein war
und auf dem Besen ritt,
da war so manches Männlein gar
recht lustig und recht fit.

Bin jetzt ein altes Hexenweib
und kichere immerzu,
den Trunk mix ich zum Zeitvertreib
und geb' auch keine Ruh.

Ganzes Jahr Fasching

Willst du den Fasching feiern gar,
brauchst nicht zu warten ein ganzes Jahr.

Du findest die Narren überall,
es gibt sie in großer Zahl.

Fang ich bei mir gleich selber an,
geh schon als erster Narr voran.

Dann kommt so mancher noch dazu,
erst ganz zum Schluss - da kommst auch du.

Affentheater-Kater

Affentheater nach dem Kater?
Zu viel gezecht? Das ist schlecht.

Schlecht ist das? gezecht zu viel?
Kater hat er? Affentheater!

Dein Hund

Dein Hund sieht dich an
mit dem treuesten Blick,
den nur er geben kann,
es kommt viel zurück.

Er kann nicht falsch denken,
wie der Mensch es oft tut,
er lässt sich gut lenken
und macht dir oft Mut.

Dein Hund bleibt dir treu,
Blicke von Menschen verblassen,
immer wieder auf's Neu
kannst auf den Hund dich verlassen.

Natur

Wie schön, diese Bilder zu sehen,
Blicke über die Landschaft gehen.

Hier eine Blume, da ein Strauch,
Wiesen und Berge sieht man auch.

Der Himmel erstrahlt im Sonnenschein,
dies zu betrachten - du bist nicht allein.

Umgeben von all dieser Pracht,
die der Schöpfer für uns gemacht.

Kalvarienberg

Vermooster Baum,
lang stehst du schon hier,
ein kleines Stück Rinde
nahm ich von dir.

Hast Freud und Leid
oft mit angesehn
von den Menschen im Orte,
die auf den Kalvarienberg gehn.

Stehst immer noch hier,
obwohl schon alt du bist.
Hältst du's lange noch aus?
Bald vorbei deine Frist?

Ein Baum im Park

Warum, lieber Baum,
musst du jetzt hier raus?

Jahrzehnte hieltest du es
am Platze da aus.

Trägst immer noch Blätter
an den Zweigen viel.

Spendest Luft zum Atmen,
das war dein Ziel.

So manchem tut es
weh in der Brust.

Weil du, lieber Baum,
jetzt sterben musst.

Blumenpracht

Eine Blumenpracht erhebt sich.

Die Wiese voll von weißen Margeriten.

Das Leuchten der Mohnblumen.

Ein buntes Bild der Schöpfung.

Ein Baum im Winter

Steh' unter einem alten Baum,
fass' es kaum.

Die Äste die sich neigen
mit ihren dürren Zweigen.

Ob sie noch einmal Knospen tragen?
Wer kann's mir sagen?

Wenn bald dann die Natur erwacht-
gibt's wieder eine Blütenpracht?

Herbst in Baden

Sitze hier auf einer Bank
und sage dem Schöpfer Dank

für all die schöne Pracht,
die er für uns gemacht.

Wie schön ist doch die Welt,
wenn man etwas inne hält!

Da Wirsing

Wos a Brassica Olaeracea Convar is,
des waß ih net.
Do muass ih nochschaun,
wos im Biachl steht.

Und a Wirsing,
des hob ih noh nia gheart,
de vülln Nauman,
hobn mih imma scho g'steart.

Nur beim Wintakohl,
do kenn ih mih aus,
des woa imma scho
a köstlicha Schmaus.

Sogoa ois Blumanstock
is er recht sche.
Jetzt waß ih,
warum ih aum Wirsing so steh.

Verspätung

Du bist vü zu spät scho drau.
Ob ma beim Fest noh woatn kau?
Host net gleih gschaut auf die Uhr
denkst, do is eh noh Zeit gnua?

Jetzt kummst umadum net zsaum,
vor lauter Spieaglschaun.
Brauchst daun a Taxi goa,
doh hoitst das net für woahr.

Wüst telefoniern um des Automobü,
du druckst aufn Knopf, die Leitung is stü.
Host daun endlich die Nummer erreicht,
sogn's dir, des Taxi wird glei kumman, vielleicht.

So rennst auf de Stroßn, oi je und oh Schreck,
do schnoppt dir grod ana vor da Nosn ans weg.
Du stehst jetzt do und bist gaunz vazogt,
weu ma sih beim Fest - bestimmt recht beklogt.

Der Störenfried

Frau Unbekannt,
du liebe du,
kommst zur Lesung
und hörst nicht zu.

Unterhältst dich
mit dem Nebenmann,
fängst auch noch
zu meckern an.

Es war noch immer
keine Ruh;
bald hört man dir nur zu.

Zum Schluss hast du dich
noch beschwert:
Die Lesung-
war doch gar nichts wert.

Novemberfrühling

Schreite über die Wiese
und genieße.

Ein Gänseblümchen,
auch ein Löwenzahn blüht.

In der Sonne der rote Klee
leuchtend glüht.

Als würde der Frühling
sich zeigen.

Und doch fällt das Laub
von den Zweigen.

Der Traum

Bleibt das Träumen ein Träumen,
ist dieses Träumen ein Traum.

Hast du Glück mit dem Träumen,
ist erfüllt dein Traum.

Wird es wahr mit dem Träumen,
ist es vorbei - mit dem Traum.

Der Stein

Stein- bist nur ein Stein
und doch aus welcher Masse?

Welches Leben liegt in dir verborgen,
was war dein Ursprung?

Wie viele Millionen Jahre
haben dich geformt?

Warst du Pflanze oder Tier,
kannst du es sagen mir?

Doch du bleibst stumm-
zeigst deine ganze Kraft.

Und überträgst sie mir.

Der Augen-Blick

Es gibt Blicke,
die einen töten könnten.
Es gibt Blicke,
die geben zu denken.
Es gibt Blicke,
in denen liegt Seelenschmerz.
Es gibt Blicke,
wo dir warm wird ums Herz.

Es gibt Augenblicke,
da möchtest du in die Erde versinken.
Es gibt Augenblicke,
da beglückt dich ein Winken.
Es gibt Augenblicke,
wo ein tiefes Gefühl dich umgibt.
Es gibt Augenblicke,
da wirst du geliebt.

Es ist ein Augenblick,
wo nach Gott du gestrebt.
Vorbei der Augenblick,
wo du gelebt.

S` Muatterl

Jetzt is' s Muatterl recht oit scho wuan,
kaun nimma, wias mecht, ois noh tuan.
Des Kreuz tuat scho weh, de Fiaß tuan net mit,
mechts fuat, muass kumman zu an mit da Bitt,
„Sei liab, nimm dih um mi au!"
weu ih alaa - nimma fuatgehn mehr kau.

Des Muatterl woa ah amoi jung und recht sche.
Der Vota hot denkt: So wos losst ma net steh.
Weu sie woa gsund und so liab zu eahm stets,
für d` Kinder hots gsorgt und gern ghobt a jeds.
Sie hot ollas tau, damit ihre Liabn,
wos wolln hobn, ah immer noh kriagn.

Heit is s` alaa - kaner bei ihr,
den Vota homs auße trogn bei da Tür.
De Kinda san fuat, vastraht in da Wöt.
Mein Gott - wos so a Lebn noh zöht?
A jo, lieabs Muatterl, des Lebn zöht noh vü,
bist vabundn mit olle - in olla Stü!

Amoi noh

Amoi noh ah Kind sei, vagnügt und vaspüt,
ausglossn und wüd. Is ma daun miad,
vom Rafn und Schrein-die Mutter is do,
sie schlummert an ein.

Amoi noh ochtzehn, vadraht und va l iabt,
des erste Bussl scho kriagt.
Is ma daun glücklich von den vüln Schmeichelein,
vor Aufregung schlaft ma mitn Liabstn net ein.

Amoi noh dreißig, sche und begehrenswert,
is Kinderl im Wagerl scho plärrt.
Is ma daun froh, wauns endlich tuat schlofn,
ma wü mitn Partner, des nächste gleih schoffn.

Amoi noh fufzig, fröhlich und gsund,
a wengerl mollig und rund.
Is ma daun lustig beim Singan und Trinkn,
ma kaun sih im Bett grad noh zuawinkn.

Amoi no leb'n,fühn und gspian,
net gnua vom Schenan noh kriagn.
Is ma daun laungsaum, beim Gehn und Essn-
vorm Schlofn, des Daunkschehsogn-net vergessn!

Advent

Still, still ist es geworden,
es naht die Weihnachtszeit.
Vergessen sind die Sorgen,
bald ist es schon so weit.

Schnell noch ein rasches Werken
für Menschen, die man liebt.
Ein Sich-selbst-bestärken,
dass man das Beste gibt.

So kann die Heilige Nacht,
kommen schon recht bald.
Wir haben mit Bedacht
geholt das Reis vom Wald.

Der Kranz steht hier geschmückt,
hell im Kerzenschein.
Wir sehen hin beglückt-
Weihnacht wird bald sein.

An das Christkind

Liebes Christkindlein,
heut sollst Du in unsrer Mitte sein.
Diese Welt, sie gibt gar viel,
doch nirgends ist es mehr so still.
Stille ist es, die wir suchen
unter Tannen, beim Weihnachtskuchen.
Still in Ruhe Dein gedenken,
in die Herzen - Liebe schenken.

Weihnacht

Weihnacht? Was ist Weihnacht?" fragt das Kind.
Ja das ist so, du läufst geschwind,
wenn die Adventzeit gekommen,
die Hektik, die hat zugenommen.
Schnell in jedes Kaufhaus rein,
alles glänzt im Lichterschein!
Sachen gibt's im Überfluss,
man kauft, kauft, kauft - man muss.

Weihnacht? Was ist Weihnacht?" fragt das Kind.
Weißt du, da ist jemand, der ist blind,
der kann nichts sehen vom Lichterschein,
von den Kerzen am Christbaum so klein.
Freude macht es, für ihn zu backen und stricken,
ihn am Heiligen Abend zu bitten,
in unserer Familie Gast zu sein -
dem Feste schön und fein.

Weihnacht? Was ist Weihnacht und wer Christkind?
Das wird dir sagen der Wind,
gehst du in die Stille hinaus,
siehst zum Sternenhimmel hinauf,
dann wirst du merken den Lichterschein,
der dringt dir bis ins Herz hinein.
Christus ist für uns geboren-
deine Seele ist nicht verloren.

S` Jesuskind

Mechst da zu Weihnocht wos Schens kaufn,
muasst da de Fiaß auslaufn.
Obwohl de Meistn scho ois hom,
mechst doh a Pakerl untern Christbaum trogn.

Is wichtig, dass am Bam gnua hängt.
Nur dass ma dabei des Christkindl kränkt,
des in da Krippn drinnan liegt,
und am wenigsten sei Beochtung kriegt!

Weita muaß's frian in da Heiligen Nocht,
denn dem Kindl hom ma ka Gwandl mitbrocht.
Gaunz nokat liegts do aufn Stroh
und lächelt uns aun - gauz froh.

Mia kennans nur warma mit unseren Herzn,
und vü Lichtaln leuchtn auf den Kerzn.
Oba ans mecht des Jesuskind bittn:
Losst's mih bei eich sein - in eurer Mittn!

Weihnachten vor zig Johr

Ois Weihnochtn noh Weihnochtn woa,
vor zig, zig vüle Joha
Kaun mih erinnern, wia a Maderl ih g'wesn,
haum daumois noh kehrt de Stubn mitn Besn.
Des ois is noh gschehn de Wochn vorher,
denn nocha woa dazua ka Zeit nimma mehr.
Zwa Sonntog davor woa des noh sche,
do kunnt ma in Ruah de G'schenk kaufn geh.
Ma hots kaum dawort, de friedliche Zeit,
sie woa hoit noh ruhig, net so hektisch wia heit.
In da Auslog woa oft nur a Puppn drinn
und für de Buam a Zug von Merklin.
Ih woar scho reich, wauns mir unterm Baum,
a poar Feistling und a Kladl hinglegt haum.
Beim Bam hobn sih-des muaß ma sogn-
vor lauter Sasßigkeit d' Äst owa bogn
Froh bin ich heit, mia geht jo no guat,
nur de Weihnochtsstimmung, de is fuat.
Weu ih scho zwa Monat vuaher
de Weihnochtsliadln - überoll hear.
Ans kaun ih noh mochn, des nimm ih ma vur,
aum vierazwanzigstn, gleih in da Fruah:
Ih moch dem Christkind mei Herz recht weit auf,
denn ih bin sicha - des woatat drauf.

Inhalt

Margareta Pubek

geborene Gettinger, ist am Semmering aufgewachsen. Als junges Mädchen hätte sie nie zu träumen gewagt, dass sie einmal dichten würde. Ihr künstlerisches Potential hat sie erst spät entdeckt.

Nach Wien verheiratet, war die Familie mit den Kindern Hannes, Renate und Margit bald komplett.

Sie arbeitete als Büroangestellte, später wechselte sie in die Selbständigkeit.

Neben ihrer beruflichen Tätigkeit war sie auch als Sportlerin sehr erfolgreich. Landesmeisterin im Badminton. Als Sportschützin war sie Vizelandesmeisterin und konnte national sowie international viele Medaillen erringen.

Erst dann entdeckte sie in sich die Liebe, Gedichte zu verfassen, mit denen sie bei zahlreichen Lesungen die Menschen berühren konnte.

Auch auf dem Gebiet der bildenden Kunst ist sie tätig.

Ihre Collagen und Bilder wurden bereits in vielen Ausstellungen präsentiert.

Möge nun dieses Büchlein den Lesern viel Freude bereiten!

IMPRESSUM

Verleger: KRAL-Verlag - Anton Kral GmbH (Inh. Robert Ivancich)
Kennedyplatz 2, A-2560 Berndorf
Tel.: 02672-82236, Fax: DW 4
E-mail: buch@kral-berndorf.at www.kral-verlag.at

Berndorf-Gloggnitz 2009

ISBN: 978-3-902447-60-9

Erstauflage